Succession Mannheim

TABLEAUX

ANCIENS & MODERNES

OBJETS D'ART & D'AMEUBLEMENT

Miniatures & Boîtes

SUCCESSION MANNHEIM

TABLEAUX ANCIENS

ET MODERNES

Objets d'Art et d'Ameublement

MINIATURES & BOITES

CONDITIONS DE LA VENTE

Elle sera faite au comptant.

Les acquéreurs payeront *dix pour cent* en sus des enchères.

Paris. — Imp. Georges Petit, 12, rue Godot-de-Mauroi. — 22805-13.

SUCCESSION MANNHEIM

Tableaux Anciens

ŒUVRES DE

B. BELLOTTO, F. GUARDI, J. VAN DER HAGEN, E. JEAURAT
HUBERT ROBERT, C. VAN LOO, A. DE VOIS, ETC.

PASTELS DU XVIIIe SIÈCLE

PAR JOHN RUSSELL, JOSEPH VIVIEN

TABLEAUX MODERNES

OBJETS D'ART & D'AMEUBLEMENT

MINIATURES — BOITES — OBJETS DIVERS — ÉVENTAILS

Miniature par VAN BLARENBERGHE

BOITES EN OR ÉMAILLÉ EN PLEIN

Émaux par WEYLER

PORCELAINES DE CHINE ET DE SÈVRES, PATE TENDRE

SCULPTURES — PENDULES

BRONZES D'ART ET D'AMEUBLEMENT

Meubles — Armoires Louis XIV

DONT LA VENTE, PAR SUITE DE DÉCÈS, AURA LIEU A PARIS

GALERIE GEORGES PETIT, 8, rue de Sèze

Le Vendredi 14 Mars 1913, à 2 heures

COMMISSAIRE-PRISEUR

Me HENRI BAUDOIN, 10, rue Grange-Batelière.

EXPERTS

Pour les Tableaux et Miniatures :	*Pour les Objets d'art :*
M. JULES FÉRAL	M. HENRI LEMAN
7, rue Saint-Georges, 7	37, rue Laffitte, 37

EXPOSITIONS

PARTICULIÈRE : Le Mercredi 12 Mars 1913, de 1 h. 1/2 à 6 heures.
PUBLIQUE : Le Jeudi 13 Mars 1913, de 1 h. 1/2 à 6 heures.

DÉSIGNATION

Tableaux Modernes

AQUARELLE

DREUX

ALFRED DE

1 — *Deux Horseguards.* 2500 / 2500 Dutail

Ils sont montés sur des chevaux noirs allant au pas, de gauche à droite. Coiffés de casques à panaches blancs, ils portent des cuirasses sur leurs vestes rouges galonnées d'or.

Leurs selles sont couvertes de peaux de moutons.

Toile. Haut., 86 cent.; larg., 1 m. 08.

JOYANT

(JULES)

DEUX PENDANTS

2 — *Le Grand Canal et le Rialto à Venise.*

3 — *Le Palais des Doges et le Quai des Esclavons.*

Signés et datés : *1840.*

Toiles. Haut., 43 cent.; larg., 60 cent.

PILS

ISIDORE

4 — « *A bras, en avant* ».

Aquarelle signée à droite et datée : *Vincennes, 186[illegible].*

Haut., 51 cent.; larg., 1 m. 63.

Tableaux Anciens

BELLOTTO
(BERNARD)

Venise, 1720-1780

PENDANT DU SUIVANT

5 — ***Les Bords de l'Arno à Florence.*** 3000 / 2550

Des laveuses et des pêcheurs sont au premier plan. Au delà du fleuve, dont les eaux traversent un barrage, on remarque les clochers des églises, et, dans le fond, une villa dominant une colline. Feral

Toile. Haut., 50 cent.; larg., 74 cent.

BELLOTTO
(BERNARD)

PENDANT DU PRÉCÉDENT

6 — ***Vue du Pont de la Sainte-Trinité à Florence.*** 3000 / 2550

Il traverse l'Arno, dont les eaux sont sillonnées par des gondoles et des bateaux chargés de personnages. Feral

Sur le quai, on remarque des promeneurs et une voiture attelée de deux chevaux.

Dans le fond, le Ponte Vecchio et les constructions de la ville.

Toile. Haut., 50 cent.; larg., 74 cent.

ÉCOLE FRANÇAISE

XVIIIe siècle

7 — *La Jeune Fille à la colombe.*

Debout dans un parc, vue à mi-corps, tournée vers la gauche, le visage de face, une jeune fille est accoudée sur une corbeille remplie de roses, tenant de la main droite une lettre cachetée et de l'autre main une colombe qu'elle presse sur sa poitrine. Ses cheveux abondants relevés sur la tête, bouclés et bouffants autour du visage, sont légèrement poudrés et ornés d'une branche de roses retenue par un ruban bleu. Elle porte une robe de lingerie blanche dont le corsage a glissé sur les épaules, découvrant un sein; la jupe plissée est serrée à la taille par un ruban de même couleur.

Fond de ciel.

Toile. Haut., 80 cent.; larg., 64 cent.

Cadre en bois sculpté, du temps de Louis XV.

ÉCOLE HOLLANDAISE

XVIIe siècle.

8 — ***Portrait d'une dame de qualité.*** 4000 / 4000

Vue jusqu'aux genoux, debout dans un intérieur, de trois quarts à gauche, et regardant en face, la main droite tenant un mouchoir brodé, la main gauche appuyée sur une table couverte d'un tapis jaune. Les cheveux blonds relevés sur le front, coiffée d'un bonnet de dentelles, une large fraise à tuyautés rigides autour du cou, elle porte une robe de couleur sombre, dont le devant du corsage est brodé d'or, des manchettes de dentelles autour des poignets.

Bois de forme octogonale. Haut., 37 cent ; larg., 32 cent.

GRIFF

(ADRIEN)

Anvers, 1670-1715

DEUX PENDANTS

1000 / 960

9-10 — ***Volailles, légumes et ustensiles de ménage, réunis dans la campagne devant des constructions rustiques.***

Dans l'un, un chien est endormi.
Dans l'autre, un villageois allume sa pipe.

Bois. Haut., 20 cent.; larg., 30 cent.

2

GUARDI

(FRANCISCO)

Venise, 1712-1793.

PENDANT DU SUIVANT

11 — *Un Quai aux environs de Venise.*

Un quai dallé de pierres borde les eaux bleues de la mer. Devant les constructions d'un port, une porte monumentale en ruines, s'ouvre sur la gauche. Un homme en manteau rouge marche au premier plan. A droite, deux gondoles : l'une accoste et l'autre gagne le large.

Dans le lointain, on aperçoit la voile blanche d'un bateau de pêche devant des collines escarpées qui se perdent à l'horizon.

Bois. Haut., 13 cent.; larg., 17 cent.

GUARDI

(FRANCISCO)

PENDANT DU PRÉCÉDENT

12 — *Le Temple en ruines.*

Un monument à colonnade et portails cintrés, forme le décor d'une ruine à ciel ouvert, dont les murs dégradés sont parsemés de broussailles.

Des hommes vêtus de couleurs vives vont et viennent à leurs occupations.

A droite, un villageois est penché sur un panier couvert d'un linge blanc.

Vers le fond, une construction basse derrière une éminence de terrain au bord de la mer.

Au loin, des voiles blanches flottent aux mâts de deux bateaux.

Bois. Haut., 13 cent.; larg., 17 cent.

GUARDI

(FRANCISCO)

PENDANT DU SUIVANT

13 — *Château au bord de la mer.*

Au bord des eaux bleues qui forment une anse sur la rive, un pêcheur tire un filet : il est accompagné d'une femme assise. Au second plan, s'élève l'importante construction d'un château fortifié de tours et dominé par un donjon de forme ronde couvert d'un toit.

Haut., 9 cent.; larg., 11 cent. 1/2.

GUARDI

(FRANCISCO)

PENDANT DU PRÉCÉDENT

14 — *Le Pont de pierre.*

Il traverse d'une seule arche une rivière dont les eaux s'étendent au premier plan et reflètent le ciel bleu.

Deux personnages passent sur le pont, se dirigeant vers un village construit à droite et où l'on remarque une haute tour. Des villageois sont occupés sur la berge du cours d'eau.

Bois. Haut., 9 cent.; larg., 11 cent. 1/2.

HAGEN

(JEAN VAN DER)

La Haye, 1617-1669.

15 — *Bords de rivière en Hollande.*

3000
Feral

Un cavalier et un promeneur couvert d'un manteau rouge, suivent une route, où l'on remarque encore deux personnages assis le long d'une rivière bordée de peupliers.

Dans le fond, on remarque les constructions d'une ville aux toits couverts de tuiles rouges, dominées par un beffroi et les clochers de plusieurs églises.

Toile. Haut., 52 cent.; larg., 65 cent.

JEAURAT

(ETIENNE)

Paris, 1699-1789.

PENDANT DU SUIVANT

1300
1810
Paulme

16 — *La Marchande de légumes.*

Deux ménagères et un villageois entourent une femme offrant des legumes posés sur un tonneau.

A gauche, une hotte est remplie de carottes; au centre, un chien.

Bois. Haut., 7 cent.; larg., 9 cent.

JEAURAT
(ÉTIENNE)

PENDANT DU PRÉCÉDENT

17 — *La Marchande de châtaignes.*

Elle est assise sur une chaise de paille, tenant la queue de la poêle où cuit sa marchandise. Deux petits garçons sont assis à droite, sur un banc de bois, préparant leurs cornets de papier.

Au second plan, une femme montrant d'un geste de la main droite les châtaignes sur le feu, puis un homme coiffé d'un chapeau de feutre et les bras croisés.

Un chien est couché à côté de la marchande.

Bois. Haut., 7 cent.; larg., 9 cent.

ROBERT
(HUBERT)

Paris, 1733-1808.

PENDANT DU SUIVANT

18 — *Le Mascaron de pierre.*

Dans la campagne de Rome, une villageoise coiffée d'un voile blanc, est penchée derrière une fillette en robe rouge, et lui montre du bras gauche tendu en avant, un bloc de pierre présentant un mascaron à figure d'homme dont la bouche ouverte semble effrayer l'enfant.

Sur un énorme socle effrité, un dessinateur est assis, un carton sur ses genoux. Derrière lui, un autre personnage accoudé sur un fût de colonne, regarde l'artiste travailler.

Au premier plan, sur le sol, un buste de femme et un vase de terre renversés.

Signé en toutes lettres.

Toile. Haut., 32 cent.; larg., 24 cent.

ROBERT

HUBERT

PENDANT DU PRÉCÉDENT

19 — ***Personnages dans les ruines.***

Devant un sarcophage antique élevé sur une épaisse muraille, et sur un fragment de frise renversé sur deux blocs de pierre au-dessus d'un cours d'eau, une femme est assise et semble discourir devant un auditoire attentif.

Un homme en bonnet rouge est debout à gauche.

Vers le fond, une statue équestre en bronze.

Toile. Haut., 32 cent.; larg., 24 cent.

ROOS

(JEAN-HENRI)

Ottersberg, 1631-1685.

20 — ***La Visite au camp.***

Devant les tentes d'un campement militaire, un officier est assis sur un banc de bois, près d'une jeune femme qu'il a saisie d'une main par la taille, et levant de l'autre main un verre de vin rouge.

Un autre officier à cheval, sur la gauche, salue le couple, de son chapeau empanaché.

Des hommes d'armes au repos, des femmes, des enfants, des bagages, des attributs guerriers, complètent cette composition.

Dans le fond, des rochers dominant une vallée.

Signé et daté : *1675*.

Toile. Haut., 74 cent.; larg., [illegible] cent.

VAN LOO

(CHARLES-ANDRÉ, dit CARLE)

Nice, 1705-1765.

21 — *Portraits de Perronnet et de sa famille.* 25000
16500

L'ingénieur est représenté au centre, vu à mi-corps, assis et accoudé devant une table, le visage presque de face, les yeux bruns, en habit gris, jabot et manchettes de dentelles. Il s'appuie sur le plan du pont d'Orléans, et tient de la main droite un compas.

A gauche, une dame assise, coiffée d'un bonnet de dentelles, vêtue d'une robe de brocart décolletée, à fond blanc, regardant en face, tient d'une main une navette, et de l'autre main un fil déroulé.

A droite, une jeune fille est assise dans un fauteuil jaune, vue de trois quarts, tournée vers la gauche, les yeux bleus, les cheveux poudrés : elle joue d'une vielle, appuyée sur ses genoux. Vêtue d'une robe de satin bleu, décolletée, aux manches courtes, garnies de volants de dentelles, des rubans de satin blanc noués sur le devant du corsage, elle porte sur la poitrine un bouquet de fleurs et une ruche autour du cou.

Dans le fond, au delà d'un pilastre, on aperçoit la Loire, traversée par un pont en construction, et une ville en perspective, sans doute Orléans.

Un rideau vert est drapé à gauche.

Toile. Haut., 1 m. 3[illegible]; larg., 1 m. 6[illegible].

Cadre en bois sculpté, du temps de Louis XV.

VELDE

Attribué à GUILLAUME VAN DE

22 — *Marine hollandaise.*

Une flotte de guerre est ancrée au large d'une baie dont la plage est animée d'une multitude de personnages.

Au premier plan, des bateaux de pêche.

Dessin à l'encre de Chine, sur fond de peinture à l'huile simulant une gravure.

Signé à droite sur une épave.

Bois. Haut., 85 cent.; larg., 1 m. 15.

VOIS ??

ou G. Mèris !

ARIE DE

Utrecht, 1631-1680.

PENDANT DU SUIVANT

23 — *Portrait de jeune femme.*

A mi-corps, de trois quarts à droite, les cheveux blonds pendant sur la nuque et ornés de roses, elle porte un corsage décolleté, ouvert sur une chemise blanche découvrant la poitrine, et retient de la main droite un manteau jaune, drapé autour d'elle.

4000
4450
Bousquet

Bois. Haut., 15 cent.; larg., 13 cent.

VOIS

ARIE DE

PENDANT DU PRÉCÉDENT

24 — *Portrait de jeune homme.*

Les cheveux bruns, bouclés et pendants, les yeux baissés, il est représenté de profil à gauche, à mi-corps, en habit marron, un manteau drapé sur l'épaule, la main droite appuyée contre la poitrine.

Bois. Haut., 15 cent.; larg., 13 cent.

Pastels, Dessin Anciens

RUSSELL

JOHN

Guildford, 1744-1806.

25000
14500
Feral

25. — *Portrait de jeune fille.*

En buste, tournée vers la gauche, le visage presque de face, les yeux bleus, les cheveux relevés, poudrés et bouclés sur la nuque, ornés d'une chaine de perles, en corsage bleu, décolleté, à crevés sur fond blanc, une écharpe de gaze posée sur l'épaule.

Pastel.

Haut., 60 cent.; larg., 45 cent.

VIVIEN

(JOSEPH)

Lyon, 1657-1735.

26 — *Portrait de jeune femme.*

15000
10000
Louis Mannheim

Représentée dans un parc, à mi-corps, de face, le bras droit accoudé sur un socle de pierre, tenant d'une main une longue canne, et de l'autre main, relevée à la hauteur de la poitrine, un loup noir.

Le visage souriant au spectateur, les cheveux bouclés et poudrés, ornés d'un bouquet de fleurs des champs et d'un voile de gaze flottant derrière elle, elle porte une robe rose décolletée, la jupe ample et relevée autour de la taille, une écharpe de soie couleur paille, drapée derrière elle et retenue sur les bras.

Fond de ciel.

Signé à gauche : *J. Vivien fecit, 1730.*

Pastel.

Haut., 80 cent. ; larg., 65 cent.

Cadre en bois sculpté.

ÉCOLE FRANÇAISE

XVIIIe siècle

27 — *Le Joueur de cornemuse.*

Debout dans un paysage, en longue perruque pendant sur les épaules, costume à nœuds de rubans, manteau flottant derrière lui, il tient appuyée sur sa poitrine une cornemuse. Sa houlette est tombée sur le sol.

Signé à droite : *G. S.*

Dessin à l'encre de Chine, rehaussé de blanc et de crayon bleu sur papier gris.

Haut., 50 cent.; larg., [illegible] cent.

Cadre en bois sculpté du temps de Louis XV.

Ce personnage rappelle le portrait de Gaspard du Guevdan, du Musée d'Aix.

Ancienne collection de la Marquise du Guevdan.

Collection Miallet, vente des [illegible] et [illegible] juin 1902, n° [illegible].

Objets d'Art & d'Ameublement

MINIATURES, BOITES

OBJETS DIVERS

28 — Miniature ovale : portrait de femme en buste, vêtue d'un corsage violet décolleté, un ruban vert et des roses dans les cheveux. Époque Louis XVI. Cadre en or et argent, partiellement émaillé bleu.

Grand diam. [illegible] ; petit diam. [illegible]

29 — Miniature ovale : portrait de femme en buste, vêtue d'un corsage rose avec rubans verts, le visage souriant, les cheveux relevés retenus par un ruban. Époque Louis XVI. Cadre en or et argent doré.

Grand diam. [illegible] ; petit diam. [illegible]

30 — Miniature ronde : portrait de femme vue à mi-corps, assise sur un canapé, le coude droit appuyé sur une table. Elle porte une écharpe jaune et ses cheveux sont en partie cachés par un foulard de soie bleue. Époque Louis XVI. Cadre en argent doré.

Diam. [illegible]

31 — Deux petites miniatures ovales : portrait de femme en buste, vêtue d'un corsage décolleté, et portrait d'homme également en buste, portant un habit bleu. Époque Louis XVI. Dans un encadrement formant boucle de ceinture en or, argent doré et demi-perles.

Grand diam., 25 millim.; petit diam., 21 millim.
Largeur de la boucle, 55 millim.

32 — Miniature ronde : portrait de femme à mi-corps dans un paysage : elle est vêtue de blanc avec corsage bleu violacé, et fichu de mousseline sur les épaules : elle est coiffée d'un chapeau de paille à bords relevés. Époque Louis XVI. Cadre en argent doré.

Diam., 80 millim.

33 — Miniature ronde : portrait de femme assise dans un jardin, auprès d'un vase de fleurs. Elle est vêtue d'une jupe blanche avec corsage rose, ses épaules sont recouvertes d'un fichu de mousseline. Époque Louis XVI.

Montée sur boite en écaille brune.

Diam., 70 millim.

34 — Miniature ronde : portrait de femme à mi-corps sur fond de verdure : elle est vêtue de blanc et est accoudée sur un tertre : ses cheveux sont retenus par une chainette. Époque Louis XVI.

Elle est montée sur une boite en poudre d'écaille violacée.

Diam., 66 millim.

35 — Miniature ronde : portrait de femme, assise sur un banc dans un jardin : elle est vêtue de blanc et porte une ceinture bleue : une dentelle recouvre sa coiffure élevée et retombe sur le bras gauche. Par *L. Arlaud*. Signée à gauche. Époque Louis XVI. Cadre en or avec filets d'émail bleu.

Diam., 77 millim.

36 — Miniature ovale, par Henri-Joseph van Blarenberghe (1741-1826). Signée : *V. Bla. le fils, 1769*. Elle représente une fête de nuit dans une salle de bal, ornée de colonnes, de torchères, de lustres, avec plafond simulant la verdure et le ciel. Une foule de personnages richement vêtus, les uns dansant, les autres se promenant, animent cette fête. Du haut d'un balcon courant au-dessus des colonnes, d'autres personnages contemplent ce spectacle. Fin de l'époque Louis XV.

Elle est montée sur une boite en or de couleur ciselé à rinceaux, fleurs et feuilles, du commencement du xixe siècle.

Grand diam., 75 millim. ; petit diam., 57 millim.

37 — Miniature ronde : portrait de femme assise sur une chaise, dans un jardin ; elle s'appuie du bras gauche sur une table, et est vêtue de blanc avec ruban bleu dans les cheveux. Par *Bornet*. Signée à droite. Époque Louis XVI. Cadre en argent doré.

Diam., 64 millim.

38 — Miniature ovale, par de Lioux de Savignac, non signée. Elle représente une fête dans la campagne : plusieurs personnages, quelques-uns costumés, sont assis, se promènent ou dansent aux sons d'un violon. Sur le côté, un serviteur fait cuire à la broche une pièce de viande. Plus loin, une tente dressée pour le repas. Au fond, une église. Époque Louis XV.

Elle est comprise dans un cadre à réverbère, en or, et est montée sur une boite décorée en rouge au vernis, du commencement du xixe siècle.

Grand diam., 75 millim. ; petit diam., 5[illegible] millim.

39 — Deux peintures ovales sur émail, portraits présumés de Franklin et de sa femme, par Weyler (1745-1791), non signées. Franklin est représenté en buste, la tête tournée vers l'épaule droite; il est vêtu d'un habit marron avec collerette. Sa femme, en buste également, porte un corsage blanc décolleté et une écharpe de mousseline; la tête est tournée vers l'épaule gauche. Encadrées.

Grand diam., [illegible] millim.; petit diam., 70 millim.

40 — Boîte rectangulaire, en or émaillé en plein; elle est ornée, sur le couvercle et le dessous, de compositions de style chinois émaillées en couleurs et se détachant sur un fond réservé d'or gravé. Le pourtour, décoré de même, présente une petite paysanne auprès d'une hotte, des branches fleuries, ainsi qu'un oiseau. Poinçons de Julien Berthe, sous-fermier des droits de marque, année 1754-1755. Époque Louis XV.

Long., [illegible] millim.; larg., [illegible] millim.

41 — Boîte oblongue, à angles coupés, en or de couleur émaillé en plein, présentant sur toutes les faces des médaillons en grisaille, à sujets de bacchanales. Ces médaillons sont encadrés de pampres exécutés en or de couleur et se détachant sur un fond émaillé simulant le marbre. Bordure à feuillages et montants à pilastres, également réservés en or. Poinçons de Jean-Jacques Prévost, adjudicataire des droits de marque, année 1765-1766. Fin de l'époque Louis XV.

Long., [illegible] millim.; larg., [illegible] millim.

42 — Boîte rectangulaire, en or gravé à motifs réguliers. Poinçons d'Eloi Brichard, adjudicataire des droits de marque, années 1756-1762. Fin de l'époque Louis XV.

Long., [illegible] millim.; larg., 45 millim.

43 — Étui a cire cylindrique, ovale de plan, en or émaillé en plein. Il est décoré de compositions de style chinois, dans des encadrements de forme contournée, réservés en or. Poinçons de Jean-Jacques Prévost, adjudicataire des droits de marque, années 1762-1768. Fin de l'époque Louis XV.

Haut., 115 millim.

44 — Boite rectangulaire, montée à cage en bas or gravé et composée de panneaux de laque noire, incrustée de burgau et d'or à décor de branches fleuries et d'oiseaux. Fin de l'époque Louis XV.

Long., 77 millim.; larg., 59 millim.

45 — Boite oblongue à pans coupés, montée à cage en or partiellement émaillé et composée de panneaux de malachite sur lesquels sont fixées des peintures ovales sur émail : portrait de Louis XV, encadré de diamants, et compositions de style antique, telles que nymphe et chien, attributs de l'amour, vases et brebis. Poinçons de Fouache, régisseur des droits de marque, année 1777-1778. Époque Louis XVI.

Long., 73 millim.; larg., 58 millim.

46 — Boite ovale ornée de rinceaux en or appliqués sur fond émaillé bleu ; sur le couvercle, peinture ovale sur émail : portrait de femme ; sur le pourtour et le dessous, cinq miniatures ovales en grisaille à sujets de style antique. Bordures émaillées à entrelacs. Poinçons de Fouache, régisseur des droits de marque, année 1777-1778. Époque Louis XVI.

Grand diam., 88 millim.; petit diam., 68 millim.

47 — Boite ovale en or émaillé bleu pâle avec médaillons également émaillés simulant l'agate arborisée. Sur le couvercle, peinture sur émail, présentant un amour. Bordures et montants enrichis de demi-perles. Poinçons de Clavel, régisseur des droits de marque, année 1780-1781. Époque Louis XVI.

Grand diam., 70 millim.; petit diam., 50 millim.

48 — Deux petits médaillons ovales en ancien biscuit de Sèvres présentant sur fond doré et en haut relief : l'un, Pygmalion et Galathée; l'autre, Prométhée créant l'homme. Année 1777. Cadres en bronze doré à petites feuilles. Époque Louis XVI.

Grand diam., 93 millim.; petit diam., 78 millim.

49 — Trois médaillons ovales en or repoussé et ciselé, par Clodion, signés : *Michel*. L'un daté : *1777*. Ils représentent, en léger relief : l'un, une nymphe surprise par un satyre; un autre, trois jeunes bacchants jouant; le troisième, un paysage animé. Cadres en argent à décor de laurier. Poinçons de Fouache, régisseur des droits de marque, année 1776-1777. Époque Louis XVI.

Grand diam., 81 millim.; petit diam., 66 millim.

50 — Chatelaine en or partiellement émaillé, enrichie de petites perles et de roses. Elle est munie d'une clé de montre, de deux cachets, forme négrillon, en agate, ainsi que d'une montre à répétition en or émaillé, enrichie de roses, à cadran signé : *Dominice Blondet, à Genève*. Fin du XVIIIe siècle.

Longueur totale, 20 cent.

51 — Collier en or émaillé, composé de quinze maillons ajourés, formés de rinceaux et enrichis de diamants-tables, de pierres de couleur et de perles. A ce collier est suspendu un camée agate : buste de femme encadré de rinceaux d'or émaillé. XVIe siècle.

Long., 36 cent.

52 — Deux flambeaux en argent, à tige balustre et base contournée, ornée de six agrafes à rocailles. Poinçons de Clavel, régisseur des droits de marque, année 1780-1781. Époque Louis XVI.

Haut., 27 cent.

ÉVENTAILS

53 — ÉVENTAIL du temps de Louis XV, à monture de nacre partiellement dorée, à figures et rocailles. Feuille présentant Renaud et Armide dans un parc, surpris par le chevalier danois et Ubalde.

Largeur, ouvert, 51 cent.

54 — ÉVENTAIL du temps de Louis XV, à monture de nacre ajourée, peinte et dorée, à figures, animaux et fleurs. Feuille présentant des personnages se livrant à des divertissements variés dans la campagne. Revers à paysage animé.

Largeur, ouvert, [illegible] cent.

55 — ÉVENTAIL du temps de Louis XV, à monture de nacre ajourée et dorée, à figures et bustes. Feuille présentant les Muses, Apollon et la Renommée dans un paysage. Revers à motifs d'architecture, navires et personnages.

Largeur, ouvert, [illegible]4 cent.

56 — ÉVENTAIL du temps de Louis XV, à monture de nacre ajourée, peinte et dorée, à sujets de chasse au sanglier. Sur la feuille, composition relative à Angélique et Médor. Revers orné.

Largeur, ouvert, 47 cent.

57 — ÉVENTAIL du temps de Louis XV, à monture de nacre ajourée et dorée, à sujet pastoral. Feuille allégorique au Jugement de Pâris. Au revers, des amours.

Largeur, ouvert, 50 cent.

58 — ÉVENTAIL du temps de Louis XV, à monture de nacre ajourée et dorée, à figures. Sur la feuille, une ronde de paysans pendant la moisson.

Largeur, ouvert, 56 cent.

PORCELAINES

59 — QUATRE RAFRAICHISSOIRS avec couvercles et deux anses, en ancienne porcelaine tendre de Sèvres, décorés d'une baguette enguirlandée de fleurs et interrompue par quatre médaillons fleuris. Cette baguette est placée entre deux larges filets bleus chargés de dorure. Les couvercles sont ornés de même.

Haut., 20 cent.; larg., 22 cent.

60 — QUATRE PLATEAUX ronds, à bords festonnés et sur pieds bas, en ancienne porcelaine tendre de Sèvres, pouvant accompagner les rafraîchissoirs précédents.

Diam., 22 cent.

61 — SEPT POTS A SORBETS, en deux modèles, en ancienne porcelaine tendre de Sèvres; décor de fleurs et quadrillés.

Haut., 6 cent.

62 — Trois coupes rondes, deux coupes ovales, neuf compotiers carrés en deux dimensions et dix-neuf compotiers ronds en trois dimensions. Décors variés de fleurs et filets bleus. Ancienne porcelaine tendre de Sèvres.

Diamètre d'une coupe, 25 cent.

63 — Dix compotiers-coquilles en deux dimensions, en ancienne porcelaine tendre de Sèvres, à décor de fleurs avec filets et rocailles en bleu.

Larg., 21 et 22 cent.

64 — Six assiettes en ancienne porcelaine tendre de Sèvres : au centre, un bouquet de roses ; au marli, des branches fleuries s'échappant d'une bordure bleue festonnée.

Diam., 24 cent.

65 — Douze assiettes à bords festonnés en ancienne porcelaine tendre de Sèvres : décor de fleurs avec rocailles en bleu à la bordure.

Diam., 24 cent.

66 — Cinquante-quatre assiettes, en trois modèles, en ancienne porcelaine tendre de Sèvres, décor de fleurs avec filets bleus.

Diam., 21 cent.

67 — Soixante assiettes à dessert, en cinq modèles, décor de fleurs avec filets bleus. Ancienne porcelaine tendre de Sèvres.

Diam., 21 cent.

68 — Dix-huit couteaux à lames d'acier, dix-huit couteaux à lames d'argent doré et deux pelles à bonbons en argent doré. Manches de porcelaine de Saxe Marcolini, à réserves de fleurs sur fond gros bleu. Ils sont contenus dans une boite en ancienne laque noire et or, à décor de paysages de style chinois.

Hauteur de la boite, 38 cent.

69 — Deux potiches ovoïdes variées, en ancienne porcelaine de Chine, époque Kang-shi, décorées de bandes juxtaposées chargées de branches fleuries, insectes et oiseaux. Elles sont montées en lampe en bronze.

Hauteur de la potiche, 27 cent.

70 — Vingt-sept assiettes en ancienne porcelaine de Chine, décorées, au fond, d'une réserve à paysage animé et, au marli, de quatre réserves à fleurs, le tout se détachant sur fond bleu.

Diam., 22 cent.

71 — Vingt assiettes en ancienne porcelaine de Chine, à décor de fleurs et ustensiles.

Diam., 22 cent.

72 — Six assiettes en ancienne porcelaine de Chine, à décor de fleurs et arbustes.

Diam., 22 cent.

73 — Vingt-six assiettes variées, en ancienne porcelaine de Chine, à décor de vases, fleurs, poissons, lambrequins, etc. Seront divisées.

Diam., 23 cent.

GUIPURES — ÉTOFFES

74 — Dessus de lit en ancienne guipure de Venise, à fleurs et rinceaux sur fond de toile bleue.

Long., 2 m. [illegible] ; larg., 2 mètres.

75 — Large bandeau en broderie de soie de couleurs et d'argent doré, présentant, sur fond blanc, des rinceaux, des fleurs, des oiseaux, ainsi que des armoiries supportées par deux lions. XVIIe siècle.

H[illegible]

76 — Dessus de lit en satin rouge, brodé à fleurs, figures et animaux. Travail des colonies portugaises, XVIIe siècle.

Long., [illegible] mètres ; larg., [illegible]

SCULPTURES

77 — Buste en terre cuite, grandeur nature : portrait d'une fillette, les cheveux nattés, la tête tournée vers l'épaule gauche, une légère draperie sur la poitrine. École française du XVIIIe siècle.

Haut. de buste, 40 cent.

78 — Statuette en marbre blanc de jeune fille debout, drapée à l'antique, les seins découverts, les cheveux retenus par un large ruban. Elle tient des deux mains une colombe. École française, époque Louis XVI.

Haut., [illegible]5 cent.

BRONZES D'ART

79 — Deux lionnes bondissant, en bronze à patine brune. Travail florentin du XVIe siècle. Bases en bois noir.

Larg., 28 cent.

80 — Statuette en bronze à patine brune : Amphitrite nue, debout, tenant sur le bras gauche une écrevisse et de la main droite une draperie qui lui retombe sur les jambes. Derrière elle, un dauphin. D'après Michel Anguier. Époque Louis XIV.

Haut., 55 cent.

La statue de Michel Anguier se trouve au Louvre.

81 — Statuette en bronze à patine brune, représentant Cérès tenant une torche et recherchant Proserpine : à ses pieds, un dragon. D'après Michel Anguier. Époque Louis XIV.

Haut., 55 cent.

La statue de Michel Anguier ornait le bosquet des Dames, à Versailles.

82 — Statuette en bronze à patine brune, représentant une Muse debout, drapée à l'antique, retenant de la main droite les plis de son vêtement et portant de la gauche une couronne de fleurs. Époque Louis XIV.

Haut., 56 cent.

83 — Statuette en bronze à patine brune, d'après l'antique : Bacchus nu, debout, s'appuyant à un tronc d'arbre, tenant de la main droite une coupe et de la gauche une grappe de raisin. Époque Louis XIV.

Haut., 50 cent.

84 — Statuette en bronze à patine brune, représentant l'Amour entièrement nu, debout contre un tronc d'arbre, tenant de la main droite une flèche dont il échauffe la pointe à la flamme d'une torche qu'il porte de la main gauche. Son carquois est suspendu au tronc d'arbre. Base ronde en marbre blanc, ornée de guirlandes de fleurs, de rubans et de bucranes en bronze doré. Époque Louis XVI.

Haut., [illegible] cent.

85 — Deux statuettes en bronze à patine brune, représentant chacune un personnage de la Comédie italienne, debout contre un tronc d'arbre, xviiie siècle.

Haut., [illegible] cent.

PENDULES

86 — Grand cartel en bronze doré, de forme contournée, composé de larges rocailles et de branches de chêne, sur lesquelles est perchée une perruche. Cadran signé : *Amy Dantan, à Paris*. Époque Louis XV.

Haut., 77 cent.

87 — PENDULE en marbre blanc, à mouvement placé au milieu de nuées, sur lesquelles reposent une figure de Flore, à demi nue, et deux amours, l'un tenant des feuillets, l'autre appuyant le bras gauche sur une sphère. Cadran signé : *Revel, au Palais-Royal*. Époque Louis XVI.

Haut., 48 cent.; larg., 50 cent.

88 — GRANDE PENDULE en bronze doré, à mouvement surmonté d'un petit fût de colonnette cannelée, enguirlandée de fleurs et supportant un vase contenant un cadran tournant, marquant les mois, les signes du Zodiaque et les quantièmes. Cette pendule est ornée de deux figures allégoriques de femmes debout, drapées à l'antique et symbolisant : l'une, l'Astronomie, l'autre, la Science. A leurs pieds, des livres et des feuillets. Base feuillagée; contre-socle en marbre vert campan. Elle a été munie d'un cadran émaillé à indications en langue espagnole. Mouvement de *Ch. Dutertre, à Paris*. Époque Louis XVI.

Haut., 66 cent.; larg., 44 cent.

89 — PENDULE en bronze doré, à mouvement compris dans un fût de colonne cannelée, supportant une urne enguirlandée. Sur les côtés du mouvement, deux figures d'amours assis sur la base, l'un méditant, l'autre montrant les heures. Cadran signé : *Gudin, à Paris*. Contre-socle en marbre blanc. Époque Louis XVI.

Haut., 48 cent.

90 — PENDULE en marbre blanc et bronze doré, décorée d'un groupe allégorique à l'amour et à la fidélité, figuré par une jeune femme caressant un chien et tendant la main à l'amour. Base ornée de guirlandes de laurier. Époque Louis XVI.

Haut., 38 cent.

BRONZES D'AMEUBLEMENT

91 — Deux flambeaux en bronze doré, à tige formée de rochers, coquillages, dauphins, etc. Base à bords festonnés. Époque Régence.

Haut., 22 cent.

92 — Deux chenets en bronze doré, formés chacun d'un lion enfermé dans un motif contourné à volutes, sur lequel rampe un dragon ailé. Époque Régence.

Haut., 19 cent.

93 — Deux bouts de table, à deux lumières, en bronze doré, à décor de rinceaux, palmettes et petits lambrequins. Époque Régence.

Haut., [illegible] cent.

94 — Lustre à six lumières, en bronze doré, composé d'un petit vase orné de bustes de femmes et reposant sur un cul-de-lampe, décoré de têtes de boucs d'où s'échappent les bras de lumières. Époque Louis XIV.

Haut., 45 cent.

95 — Quatre flambeaux-balustres en bronze doré, à décor de marguerites, de feuillages et de cannelures. La base est bordée d'un rang de perles. Époque Louis XVI.

Haut., 27 cent.

96 — Deux candélabres à trois lumières, composés chacun d'un vase à panse d'albâtre oriental, col et piédouche feuillagés, en bronze doré, et anses serpents entrelacés en bronze à patine rougeâtre. De chacun de ces vases s'échappe un bouquet de lys supportant les douilles de lumières. Époque Louis XVI.

Haut., 1 mètre.

97 — Deux autres candélabres, plus grands, de même époque.

Haut., 1 m. 17.

98 — Deux grands candélabres à cinq lumières, composés du même groupe de deux femmes, en bronze à patine brune, debout, drapées à l'antique et tenant un petit vase d'où s'échappe un balustre surmonté d'un aigle, et auquel sont fixés les bras de lumières en bronze doré. Bases cylindriques en marbre vert de mer, ornées d'une frise en bronze doré, présentant une ronde de nymphes. Époque Louis XVI.

Haut., 1 m. 08.

99 — Deux flambeaux en bronze doré, en forme de balustre cannelé en spirale, reposant sur une base feuillagée. Époque Louis XVI.

Haut., 20 cent.

100 — Deux flambeaux en bronze doré, à décor de feuillages et de cannelures obliques. Époque Louis XVI.

Haut., 18 cent.

101 — DEUX CANDÉLABRES à trois lumières, en bronze doré, formés chacun d'un groupe de deux amours nus, debout, tenant des branches de roses d'où s'échappent les porte-lumières. Base en marbre blanc et bronze doré. Époque Louis XVI.

Haut., [illegible] cent.

102 — DEUX FLAMBEAUX en bronze patiné et doré, formés chacun d'une figure de femme debout, drapée à l'antique, tenant une guirlande de fleurs et portant sur la tête un chapiteau sur lequel est posée une corbeille de fruits et de fleurs, contenant la douille porte-lumière. Époque Louis XVI.

Haut., [illegible]

103 — DEUX CANDÉLABRES en bronze patiné et doré, formés chacun de deux cariatides adossées, supportant un motif feuillagé d'où s'échappe le bouquet de quatre lumières. Bases en marbre rouge griotte. Fin du XVIIIe siècle.

Haut., [illegible]

104 — LUSTRE à six lumières, en bronze doré, décoré de mascarons barbus et de consoles surmontées de têtes humaines.

Haut., [illegible] cent.

MEUBLES

105 — STALLE en bois sculpté, à haut dossier, en partie marqueté, orné d'une scène de combat, de style antique, se développant entre deux pilastres. Au-dessus de chacun de ces pilastres, une figure d'amour. XVIe siècle.

Haut., [illegible]; larg., [illegible]

106 — MEUBLE à deux corps, en bois sculpté, fermant à quatre portes et contenant deux tiroirs. Il est décoré de trophées d'armes, ainsi que de mascarons grimaçants. Le corps supérieur présente, en outre, trois cariatides. Encadrements feuillagés. Fin du XVIe siècle.

Haut., 2 m. 48; larg., 1 m. 35.

107 — GRANDE ARMOIRE à fronton cintré et à deux portes munies de glaces. Elle est ornée de figures mythologiques, rinceaux, draperies, rosaces et mascarons, en marqueterie de cuivre sur ébène et écaille. Elle est garnie d'encadrements, d'une entrée de serrure, d'une chute à mascaron, d'appliques feuillagées et de volutes en bronze doré. Époque Louis XIV.

Haut., 2 m. 82; larg., 1 m. 69.

108 — GRANDE ARMOIRE à deux portes, en marqueterie d'écaille sur cuivre, à décor de rinceaux; elle est ornée d'encadrements, de charnières feuillagées, de rosaces et d'une chute à mascaron ailé en bronze doré. Revers des portes en marqueterie de bois de couleurs. Époque Louis XIV.

Haut., 2 m. 70; larg., 1 m. 57.

109 — ÉCRAN en bois sculpté, à coquilles et rinceaux, avec volutes ajourées. Feuille en tapisserie, présentant deux amours dans les nuées, tenant des fleurs; au-dessous d'eux, un monogramme. Époque Régence.

Hauteur totale, 1 m. 15; largeur totale, 84 cent.

110 — TABLE-BUREAU, à trois tiroirs, en bois de placage, garnie d'écoinçons, de chutes, de poignées et de sabots à rocailles en bronze. Époque Louis XV.

Long., 1 m. 30; larg., 68 cent.

111 — Table de nuit ouvrant à coulisse, en marqueterie de bois de couleurs à fleurs. Elle contient un tiroir latéral et est décorée de chutes et de sabots en bronze doré. Dessus de marbre brèche d'Alep. Époque Louis XV.

Haut., 78 cent. ; larg., 38 cent.

112 — Commode, à deux rangs de tiroirs, en marqueterie de bois de violette à quadrillés. Dessus de marbre brèche d'Alep. Époque Louis XV.

Garniture de bronzes dorés à rocailles.

Larg., 1 m. 10

113 — Console en bois sculpté, peint gris et doré, décorée, sur la ceinture, de feuilles de laurier enrubannées, ainsi que de torches et de couronnes de fleurs. Elle repose sur deux colonnettes cannelées, présentant à leur partie antérieure un montant chargé de piastres et surmonté d'une grosse tête de bélier enguirlandée de laurier. Tablette de marbre. Époque Louis XVI.

Larg., 1 m. [illegible]

114 — Bureau à cylindre, en acajou, garni de bronzes. Dessus de marbre blanc. Époque Louis XVI.

Larg., 1 m. [illegible]

115 — Vitrine plate en fer et glaces, sur base en bois.

Long., 98 cent. ; larg., 68 cent.

www.ingramcontent.com/pod-product-compliance
Ingram Content Group UK Ltd.
Pitfield, Milton Keynes, MK11 3LW, UK
UKHW021958260726
13994UKWH00004B/1830